James Watt

北海或瓦登海？

北海或瓦登海?

瓦 蠕虫

© 2019
制作和出版：BoD - Books on Demand, Norderstedt.
ISBN：9783741226618

瓦特蠕虫

通常情况下，浓雾盛行。太多雾了，你连你的手都没看到。

日出可以从亮度上猜出来，但整个地区都被深灰色的灰色包裹着。

这里没有风，其他地方也很安静。只是安静，非常安静和安静。雾就是不想让路。

脚趾之间，罚款，但雾潮湿的沙块出来，积累在脚下，因为它慢慢地穿过海滩。

海滩上还是泥滩里的什么地方吗？

汉内斯一步一步地走在浓雾中--走得很慢。

一只海鸥从很远的地方叫来，但谁也不应该回答。其他海鸥显然是因为浓雾

而留在地面上的，而不是变成动物。

"胡赫!"那是什么？"

就在他旁边，有些事情在他甚至没有开始看到周围发生的事情的情况下就裂开了。

就在这时，他突然想到："你可以看到，你什么都看不见"

事实也是如此。裂开的时候结束了，又一片寂静。

沃特的应该是……?!，汉内斯想着，一步一步地走得很慢。突然间发生了什么事

他的目光低垂到沙地上。瓦！？！

除了瓦特什么都没有。就在他脚下有许多"千瓦"。这么重，这么湿的沙子。

但他是怎么突然进入泥滩中央的呢？他在雾中什么也没看到，但他认为自己在海滩上走得更远了。

在他面前几英寸的地方，一个神秘的东西从沙子上呼啸而过。"沃特·伊森斯这个？" 汉内斯纳闷，因为由于浓雾，他无法立即准确识别地面上的变形。

是的，他在那儿！一个小问候从虫。

但现在是瓦特了？从这个结论可以得出什么结论，最重要的是，为了回到海滩，汉内斯又要往哪个方向走？

...毕竟，虫的笔，并没有指明确切的方向。

最终，汉内斯决定从他可能希望得到方向问题答案的遗产中寻找另一个泥巴。

干掉！因为在附近显然另一个战虫居住。

但和很多同龄人一样，他也因为天气和低潮而生气，头也被卡在沙地上，身体其他部位也是如此。

但即使是这种虫子，也无法给汉内斯任何回家的路的指示……。

"当愚蠢的雾终于要消失的时候！"他诅咒道，从一只瓦特虫走到另一只虫。谁也不能回答他回大陆的安全路的问题。

于是，时间过去了，艰难的、不可逾越的雾继续像密密麻麻的面纱一样笼罩在瓦上。

它仍然是无风的，所以雾似乎整天呆在那里，只是不典狱长。

在附近的某个地方，可以感觉到一个沉闷的引擎噪音..。但它是从哪里来的呢？

从哪个方向？而它似乎从哪里移动呢？

柴油发动机的嗡嗡声越来越大。"它必须来自......!?!,"汉内斯想，在浓雾中寻找轮廓的痕迹，甚至可以开始给他识别车辆的方法。

"等一下...一辆汽车？"汉内斯想知道吗？"不可能是这样！"就在这时，他看到雾中出现了一个又大又黑的表面。

"这不可能是车辆！"他心里想，试图发现大阴影的进一步轮廓。

地平线明显变暗，雾变得几乎变暗了。"那只是......？"汉内斯诅咒道。

"哦..。这不可能是真的！"他想，几乎不相信自己的眼睛。

在过去的几个小时里，汉内斯在泥滩里迷了路，因为浓雾和能见度低，他现在已经向开阔的大海走了很远的路，距离球道只有几米远。而在它的大集装箱船，有时是近 四百 米高和巨大。

现在这样的事情..。

一堵又大又黑的房子墙似乎容纳了他。

不，没有房子墙..。整座摩天大楼，一个住宅综合体。一个小镇..。

只有几米远的路程，汉内斯的人行道与球道分开，所以马上就在他面前，这艘巨大的船出现了。

它在前面推了一个大浪，所以汉内斯不得不抬起腿，以免被冲走。

现在有人说，跑步，有点跑，速度和速度一样快。因为这样一艘大船的船头波并不完全无害，即使集装箱巨头在这一地区不驾驶其通常的巡航速度。

汉内斯像一匹野马一样在泥滩上疾驰而过，经常危险地靠近瓦特居民..。

许多虫埋在较深的瓦中，以避免在坚固的台阶上变得更宽、更平坦。瓦特居民最终感到每一个小冲击。

而当这样一个完全长大的人灵活地走近时，你可能会让一个虫头疼。

通常情况下，也没有泥虫药房可用的瓦特，使可怜的是自己，并在这种情况下没有办法得到适当的头痛补救措施。

集装箱巨人的弓波越来越近，逐渐以极快的速度从球道上爬了出来。

沃特特卢默斯夫妇并不在乎，因为他们早就熟悉了这种现象，并与之一起成长。

但汉内斯慢慢感到恐慌，因为他在浓雾中什么也没看到，随意跑过这一带。他不可能猜到天空的方向，也不可能猜到河边的救命恩人，继续听到船屋越来越近的那一条巨大的船屋的沉闷的嗡嗡声。

同时，洪水也让他创造了，因为现在水从四面八方向他袭来。瓦特沉入零指挥状态，任何航行现在都变得非常困难，汉内斯。

在经历了永恒的随意徘徊后，汉内斯突然倒在脖子上，陷入了一个他在自己的力量下难以解放自己的前科。

所有的喊声和尖叫声都没有帮助，你没有听到他的声音……。

渐渐地，在他不太长的生命中，汉内斯似乎几乎完全疲惫和困惑，回忆着一位老瓦夫的告诫。

他对泥滩的来来去去都很熟悉，但今天的雾让他在账单上冲刺。

汉内斯没有回到拯救的岸边，而是结识了许多新朋友，比如沃特维尔夫妇、贝壳和其他泥滩的熟人。他还听到海鸥在叫，但他没有看到。

当他懊恼地掉进原处时，他的手机变得无法使用，所以一路上他无法请求帮助。因此，汉内斯可能或糟糕地不得不把自己拉到一起，寻找一种方法，让他尽快走出危险地带。

过了相当长一段时间，一个安静的嗡嗡声从很远的地方传来……。

谢天谢地，集装箱轮船不知怎么地继续，不再打扰了。但有一种新的发动机噪音，汉内斯只能隐约从雾的深处带走。

他完全精疲力竭，湿透了盐水的皮肤，继续在上涨的水面上跋涉，听到发动机的噪音离他越来越近。

那是一艘水卫士救生艇。据地面上的熟人报告，汉内斯失踪了。

汉内斯喜出望外，几乎无能为力，被吊上了船。

第二天早上，然后是大谜题……。

汉内斯只是做了所有的梦，还是真的？

答案当然只有虫知道。